FFRED
a
MANDI

14003597

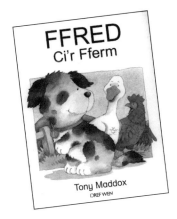
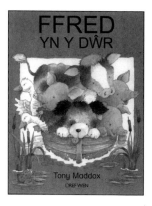

FFRED a MANDI

Tony Maddox

DREF WEN

Doedd Ffred ddim yn hapus.
Roedd e wedi bod yn edrych ymlaen
at gael diwrnod diog braf.
Ond yna daeth Mrs Dafis
â'i chath Mandi i aros
ar y fferm trwy'r dydd.
"Hmff!" meddai Ffred yn biwis.
"Mae cathod yn bla!"

"Mi chwilia i am rywle tawel,"
meddyliodd Ffred.
"Rhywle fydd y gath 'na
ddim yn gallu 'mhoeni i."

Felly aeth e i'r ysgubor fawr.

Ar y buarth
roedd Mandi yn gwneud pethau drwg.
Rhedodd hi at yr ieir
i godi braw arnyn nhw.
"Clwc, Clwc, Clwc!" cwynodd yr ieir.

Cripiodd y tu ôl i'r hwyaid
a'u cwrso i mewn i'r llyn.

"Cwac, Cwac, Cwac!"
meddai'r hwyaid yn flin.

Poenodd hi'r moch hefyd
trwy dynnu eu cynffonnau bach crych.
"Soch, Soch, Soch!"
gwaeddodd y moch yn grac.

Dan glwcian, cwacian a sochian,
rhedodd yr anifeiliaid i'r ysgubor fawr
i guddio rhag Mandi.
Ochneidiodd Ffred. "Oes dim heddwch
i'w gael yn unman?" cwynodd.
"Bydd rhaid i mi gael rhywle arall i gysgu."

Edrychodd allan o'r ysgubor
a gwelodd Mandi yn chwilio
am ryw ddrygioni newydd i'w wneud.
"Wff, Wff!" rhybuddiodd Ffred.
Rhuthrodd yr anifeiliaid i gael
lleoedd i guddio.
"Dw i'n mynd!" meddai Ffred.

Brysiodd ar draws y buarth tua'r golch
oedd yn hongian ar y lein.
Dyma chwa o wynt
yn chwythu un o'r cynfasau.
Lapiodd y gynfasen ei hun o gwmpas Ffred.

Gwichiodd Ffred mewn syndod
a cheisiodd ei ryddhau ei hun.
Trodd Mandi a gweld rhywbeth mawr,
fflaplyd, ofnadwy
yn cadw'r stŵr mwyaf rhyfeddol.
"Miaw!" sgrechiodd hi mewn braw.

Rhedodd Mandi allan o'r buarth
ac i mewn i'r berllan,
a dringodd i fyny'r
goeden afalau agosaf.

Pan ddywedodd Ffred wrth yr
anifeiliaid ble'r oedd Mandi, daethon
nhw i gyd allan i'w gweld hi.

Arhosodd Mandi yn y goeden
afalau nes i Bob y ffermwr
ddringo'r ysgol a dod â hi i lawr.
"Rhaid bod yr anifeiliaid
wedi codi braw arni!"
meddai Mrs Bob.

"Hmff!" meddai Ffred.

Storïau lliwgar difyr o'r

DREF WEN

mewn cloriau meddal

Y Ci Bach Newydd
Laurence a Catherine Anholt
Ffion y Ffermwr a'i Ffrindiau
Nick Butterworth
Sam y Saer a'i Ffrindiau *Nick Butterworth*
Un Nos o Rew ac Eira *Nick Butterworth*
Drama'r Geni
Nick Butterworth/Mick Inkpen
Y Lindysyn Llwglyd Iawn *Eric Carle*
Gwyliau Postman Pat *John Cunliffe*
Postman Pat a'r Bêl Las *John Cunliffe*
Postman Pat a'r Nadolig Gwyn
John Cunliffe
Postman Pat a'r Sled Eira *John Cunliffe*
Postman Pat Eisiau Diod *John Cunliffe*
Mr Arth a'r Picnic *Debi Gliori*
Mr Arth yn Gwarchod *Debi Gliori*
Mr Arth yr Arwr *Debi Gliori*
Simsan *Sally Grindley/Allan Curless*
Arth Hen *Jane Hissey*
Ianto a'r Ci Eira *Mick Inkpen*
Pen-blwydd Ianto *Mick Inkpen*
Y Ci Mwya Ufudd yn y Byd
Anita Jeram
Y Wrach Hapus
Dick King-Smith/Frank Rodgers
Fflos y Ci Defaid *Kim Lewis*
Oen Bach Rhiannon *Kim Lewis*
Y Bugail Bach *Kim Lewis*
Afanc Bach a'r Adlais
Amy MacDonald/Sarah Fox-Davies

Ffred, Ci'r Fferm *Tony Maddox*
Ffred yn y Dŵr *Tony Maddox*
Bore Da, Broch Bach *Ron Maris*
Beth Nesaf? *Jill Murphy*
Pum Munud o Lonydd *Jill Murphy*
Heddlu Cwm Cadno *Graham Oakley*
Mrs Mochyn a'r Sôs Coch *Mary Rayner*
Mrs Mochyn yn Colli'i Thymer
Mary Rayner
Perfformiad Anhygoel Gari Mochyn
Mary Rayner
Cwningen Fach Ffw
Michael Rosen/Arthur Robins
Wil y Smyglwr *John Ryan*
O, Eliffant! *Nicola Smee*
Wyddost ti beth wnaeth Taid?
Brian Smith/Rachel Pank
Ryan a'i Esgidiau Glaw Gwych
Lisa Stubbs
Methu cysgu wyt ti, Arth Bach?
Martin Waddell/Barbara Firth

Cyfres Fferm Tŷ-gwyn *gan Jill Dow*
Cartref i Tanwen
Cywion Rebeca
Chwilio am Jaco
Dyfrig yn Mynd am Dro
Swper i Sali

Cyfres Perth y Mieri *gan Jill Barklem*
Stori am y Gaeaf
Stori am yr Haf

Gwasg y Dref Wen, 28 Ffordd Yr Eglwys, Yr Eglwys Newydd, Caerdydd CF4 2EA Ffôn 01222 617860